AF369192

المصطرخون

المصطرخون	:	كتاب
محمد الشتري	:	اسم المؤلف
رواية	:	نوع العمل
56 صفحة	:	عدد الصفحات
ريم حسين	:	غلاف
عبدالنبي نصر عبدالنبي	:	تدقيق لغوي
مريم محمد سيد	:	إخراج فني
9782691519542	:	ترقيم دولي I.S.B.N

نبض القمة للترجمة

جمهورية مصر العربية ــ القاهرة

مدير الدار: أ/ وليد عاطف حسني

موبايل: 01116058384

الميل: nabdalqima@gmail.com

المصطرخون

محمد الشتري

رواية

بسم الله الرحمن الرحيم

{والذين أخرجوا من ديارهم بغير حق إلا أن يقولوا ربنا الله

ولولا رفع الله الناس بعضهم ببعض لهدمت صوامع وبيع

وصلوات ومساجد يذكر فيها اسم الله كثيرا}

صدق الله العظيم

إلى أهلي وإخوتي بحي الشيخ جراح

إهداء

إلى حُزيران صيف ١٩٤٥
إلى كل شهور وأيام ذلك العام
إلى ال ٧٧ عاماً من حياتها العظيمة
إلى التي إذا تعلمت لكانت ناظرة
إلى قوتها.. رعشة يداها.. حبات ماءٍ سقطت من عيناها الصغيرة الخطِرة.
إلى ظُفر إبهامها الأيسر.. حِناء شعرها الأرجوانية.. قدماها وحذائها.
إلى ذلك المنديل خاصتها.. عصاها تِلك.. ظهر يدها اليُمنى وراحتيها.
إلى الكلمات بين شفتيها.. جلستها ومشيتها.
إلى أنبه جاهلة فكلنا في حضرتها جُهلاء.
إلى بسمةٍ حَنون بثغرها وأسلوبٌ غير اعتيادي بضحكتها العالية.
إلى كل الأيام معها..
إلى سيدتي بِلا حسبها أو صيتها..
إلى جدتي (نبيهة عبد المقصود الشتري)

لِمَ؟

أي حدث هنا يبعث عنه ذلك السؤال الأزلي بحثاً عن المعرفة، لِمَ صار هذا؟.. لِمَ كان؟.. لِمَ كذا وذاك؟

تآكلت الأرواح ووهنت النفوس، سادت الملامح الحزينة، ما ذلك الشيء الذي يقتل الإنسان ويرميه ممزقاً أشلاؤه محطم القلب؟.. ولَمَ؟

أريد الإجابة، كذلك لِمَ أريد المعرفة؟

أحياناً كثيرة سوف تعيش مواقف وكأنك تسمع صرخات ذويها، وحدك من يسمعها، تدرك أن الجميع يستغيث حتى ذاك الجالس أمامي مع رفاقه بصوت ضحكاته العالية، وأنا أيضاً، ورفيقي على يساري، وأبي هناك، وأمي بالمنزل مع إخوتي الصغار، كلنا داخله يصرخ ويستغيث ولا يسمعه أحد.

ستأتيك أوقاتاً ستسمع وترى وتعيش وتسأل، لِمَ؟

مقدمة

أعترف بأهمية المقدمات، لكن الحياة بتلك الحقبة الزمنية السريعة في الوقت الحالي قد فرضت صُلب الإيقاع، ولم تترك مجالاً لمقدمات أو خواتيم.

محمد الشتري

روي أن الرسول صلى الله عليه وسلم عندما وصل إلى عرش الرحمن ليلة المعراج أراد أن يخلع نعليه. فناداه رب العزة: لماذا تخلع نعليك؟ فقال رسولنا الكريم: إلهي خشيت عاقبة الطرد ومرارة الرد ويقال لي كما قيل لأخي موسى فناداه الله تعالى: إن كان موسى أراد فأنت المراد، وإن كان موسى طلب فأنت المطلوب، وأنت القريب وأنت الحبيب فاسألني ما تحب فإني سميع مجيب

فقال صلى الله عليه وسلم يا رب إني لا أسألك آمنة التي ولدتني ولا حليمة التي أرضعتني ولا فاطمة ابنتي وإنما أسألك أمتي

فقال له رب العزة يا نبي الرحمة ما أشفقك على هذه الأمة! أمتك خلق ضعيف وأنا رب لطيف وأنت نبي شريف ولا يضيع الضعيف بين اللطيف والشريف، فوعزتي وجلالي لأقسمن القيامة بيني وبينك شطرين؛ أنت تقول أمتي أمتي وأنا أقول رحمتي رحمتي.

صلى الله وسلم على نبي الرحمة البدر المنير والسراج الوهاج فاللهم أنبت قلوبنا بشيء من رحمة القريب الحبيب واسقنا من يديه الشريفتين يوم الحر والظمأ.

تغص هذه الدنيا امتلاء بأناس أرهقتهم وآلمتهم وأشقتهم ركضا بها وضربا بكل مكان ومن جميع الجهات، وبحثا عن الكثير منها، وأهلكتهم تفكيرا بها حد المبالغة الضخمة، ناسين نصيحة عمر بن الخطاب رضي الله عنه حيث قال "اغمض عن الدنيا عينك وول عنها قلبك، وإياك أن تهلكك كما أهلكت من قبلك؛ فقد رأيت

مضارعها وعاينت سوء آثارها على أهلها وكيف عري من كست وجاع من أطعمت ومات من أحيت.

وجميعهم مستمرون بالركض وراء تلك الخادعة قائلين لها: أدهشينا أنت وأسعدينا ولو مرة أيتها الدنيا.

أولهم أن يدعونها هي ويسألونها مالا تملك أن تعطيه لهم؟ من دون المعطي الحق والمدهش حقا بعطائه، من دون خالقهم وخالقها، من دون الله !

أهم حمقى أم ضاقت بهم حياتهم ويحسبون أنفسهم من أولئك المغلوبين على أمورهم، أو أنهم نسوا مبتغى وجودهم من الأساس بتلك الدنيا التي بالأساس مخلوقة مثلما خلقوا بل قد خلقت مسخرة لهم هم لا العكس.

رحم الله عمر بن الخطاب؛ فوالله إن نصيحته لحق وإننا بالأساس ما جئنا إلى هذه الدنيا إلا لنمتحن.

***

مساء الخميس فجر الجمعة موافقًا اليوم قبل الأخير من كانون الأول للعام ألفين وثلاثة عشر.

"مصر" مدينة بلبيس شرق الدلتا كانت ليلة ظلماء من تلك التي يختفي بها القمر وحتى النجوم قد حجبت هي الأخرى حبات لؤلؤها في السماء، فلم أكن أري سوى العتمة والسواد، في هذا التوقيت

عند الثالثة والنصف الهدوء يعم أرجاء المكان؛ إنه برد الشتاء وما كسر ذلك السكون البارد هو نحيب الكلاب التي لم أرها، فقط سمعت صوتها من مختلف أنحاء الشارع؛ كأنهم يرسلون لبعضهم النداءات وكنت أرى حركات خفيفة ربما هي أشباح تلك الكلاب أو قد جال بخاطري حينها أنهم ذئاب.

وسواء كانت كلابًا أو حتى ذئابًا لا بأس بها، فصارت أصواتًا للحياة، قد أحيت طريقًا شبه ميت وآنستني وقتها.

أتقدم في الطريق المتعرج بحركة سيري معتادة البطء خاصة في تلك الأجواء الباردة؛ قادمًا من سهرتي برفقة صديقي المقرب الوحيد، في آخر الشارع يوجد نهر يتوسط المدينة طولًا فيقطعها قسمين، وأنا أمر على الجسر فوق ذلك النهر لأعبر إلى الطرف الآخر تفاجأت بجلوس شخص على حافة النهر مطأطأً رأسه لأسفل، ناظرًا للماء في ألم وحبور تفوق على مشهد سينمائي حزين.

بخاطري وأنا اقترب، لم يجلس هذا الرجل هنا في ذلك التوقيت؟

اقتربت منه بعض الشيء وألقيت عليه التحية ناظرًا إليه باهتمام في ترقب وتأمل فكأنني أعرفه، هو ما زال لا يحرك ساكنًا؛ كأنه شبح لكني أعرف هذا الرجل ومن المؤكد أن لا علاقة لي بالأشباح، وبعد ذهابي داخل الذاكرة سريعًا تذكرت، نعم هو ذاك رامي؛ كان زميلًا لي عند دراستنا بالمرحلة الثانوية، إنه هو أعرفه جيدًا، لا يزال على شاكلته ووصفه؛ طويل القامة، ممتلئ الجسد، أبيض البشرة، ذو وجه مستدير وهو صاحب الملامح البريئة الساكنة وقد عهدته مليئًا بالهدوء.

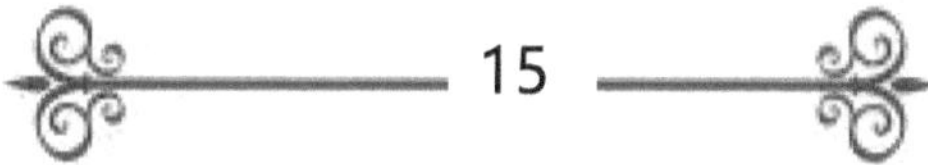

أذكر عدة مواقف من زملائنا في المدرسة ضد رامي كتوجيه السباب والشتائم واستفزازات مباشرة في صور تنمر صريح، بعد الخروج من المدرسة وكل منا في طريقه إلى بيته أراه يمضي وحيدًا حزينًا، من المؤكد كان يبكي بشدة حين يصل إلى أحضان أمه يحتضنها ويذرف الدموع على عكس أوقاته بالمدرسة يكون بشوش الوجه ودائم الابتسام ذلك رغم حزنه.

بعد فترة توقف هؤلاء الطلاب عن مضايقته وأقلوا من التنمر عليه، أعتقد أن الأمر أصبح مملًا بالنسبة لهم فإنك إن لم تجد مقاومة وتصبح فجأة وحيدًا مع ضحيتك فتنتشي قواك وغرورك لكن بعد وقت قصير ستشعر بالسأم.

وقفت مكاني عدة دقائق أتأمل ذاك الجالس بهدوء في الظلام الكالح، يمكث في سكون تام كأنه الطفل في الخامسة من العمر الذي يجلس في خشوع بانتظار أمه التي خرجت للتسوق وهو يخشى أنها لن تعود، وهو ما زال ملتزمًا بالتعليمات التي أملتها عليه قبل أن تغادر بأن يكون مؤدبًا ولا يترك مكانه ويلتزم الهدوء والسكينة إلى أن تعود.

طرحت على نفسي حينها سؤالين

لم يصل المرء بحزنه إلى ذلك الحال والكتمان الغريب؟

كما أن ما ذلك الشيء الذي يقتل الانسان ويرميه ممزقًا أشلاءه، محطم القلب؟

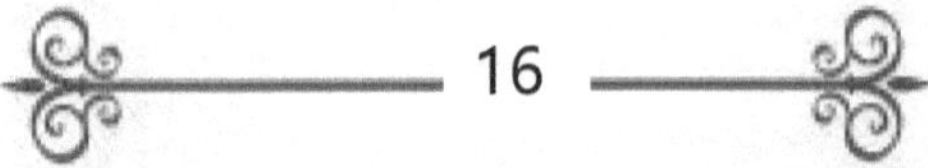

لم أعد أنتظر من رامي أن يرد التحية التي ألقيتها عليه؛ أدركت أنه الآن كسير الفؤاد، لكن لمَ؟

أريد أن أعلم؛ فكرت في أن أقترب منه وأتحدث إليه كي أخفف عنه ألمه الساكن لكن لم أقو على فعل ذلك، يجب عليَّ أن أتركه مع أحزانه في عالمه البائس وألا أقطع عليه خلوة ألمه، ثم وبدون قصد ألقيت عليه نظرة طويلة مفعمة بالشفقة واليأس ومضيت في طريقي حيث أذهب.

بات العالم أمامي أكثر ظلمة ووحشة!

حينها كان لدي إحساس إسكندنافي بالإحباط الشديد وعدم وجود مستقبل فإنني أؤمن تمامًا أن شخصًا مثل رامي لا يستحق أن يكون على ذلك الحال لكن في النهاية إنها طبائع الحياة وواقعها؛ الحياة في منتهى القسوة إن تستطع أن تدركها حق إدراك وتلحظ بعينك جيدًا ما بها من حلاوة وما بها من مرارة وتتماشى مع كل ما تقدمه لك وتؤمن بأن طالما حلوها قد أتى واستلذذت به وانتشيت بأفراحه فحتمًا سترى "المر" مر الحياة حين يأتي ساقطًا عليك حتى وإن تجرعت منه الكثير فعليك الصبر لتتحمل وتعبر فتتخطى ذلك الألم.

لا أخفي عنك إنني أخشى عليك إن لم تستطع التحمل قد يودي بك هذا إلى بحر سحيق من الصمت المميت وسيغرقك في عمق اللامبالاة والذهاب بمثل تلك الطرقات قد يكون بلا رجعة، يصبح مسدودًا من الجهة التي أتيته منها فتكون وحيدًا تعاني حتى وإن

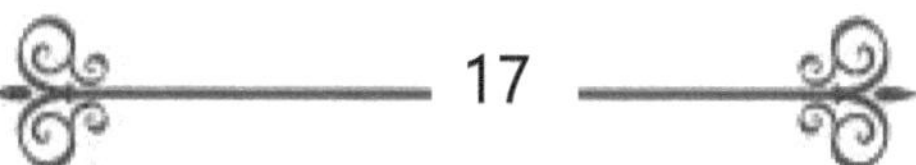

كنت معتادًا الوحدة، والمطاف قبل الأخير سيرحب بك ملك الموت مبكرًا.

قد حدثت نفسي بهذا بعد أن وقفت في شرفة البيت ناظرًا إلى أعلى لا أرى سوى الغيوم، اهتز هاتفي الخلوي بوصول إشعار جديد؛ نظرت به فوجدت منشورًا على موقع التواصل الاجتماعي "تويتر" "لن تنعم بالسلام بمحاولة الهروب من مشكلاتك بل بمواجهتها بشجاعة"

هذه مقولة للكاتب جي دونالد والترز ثم رفع آذان الفجر الله أكبر الله أكبر، معلنًا بداية يوم جديد سينتهي به العام ألفين وثلاثة عشر.

***

العاشرة والنصف مساء السبت موافقًا الخامس والعشرون من كانون الأول لعام ألفين وتسعة عشر شارع ريفولي وسط باريس "فرنسا"

Rue de Rivoli

دوى انفجار اضطرب به المكان بل فرنسا بأكملها سمعت بهذا الحادث وأنا على أعتاب حديقة التويلري العامة، حيث امتلأ الشارع بالضجيج والعشوائية وتناقل المواطنون خبر انفجار قنبلة في ساحة بلاس ديس بيراميدس؛ فغيرت وجهتي شرقًا مع معظم الناس باتجاه مكان الحادث إلى أن وصلت هناك فلم يكن هناك تمثال جان دارك

بالحصان المذهب سألت رجلًا يقف بجواري: ماذا حدث هنا!

فأجابني في انفعال وضع أحدهم قنبلة تحت تمثال جان دارك، وها أنت ترى؛ نظرت أمامي نعم أرى لكن ماذا!

أرى حطاما في منتصف الساحة وسيارات الإسعاف ورجال الشرطة، أرى عشرات المواطنين من حولي يعاينون المشهد في ألم! رأيت بينهم رجلًا عجوزًا يذرف الدموع ما هذا يا ترى؟ ألم يكفِ؟ منذ بداية العقد والعالم لم يجن شيئًا أكثر من الخراب وقتل البشر شهدت معظم مناطق الأرض على مقتل الأبرياء ولم تسلم من ذلك سوى دول قليلة.

قلت بلغتي العربية "العالم في انهيار حقيقي" نظر لي مواطن فرنسي بجانبي ورأيت بعينيه كمًّا من الكراهية والغضب على

الرغم من عظم حجمها إلا أنني لم أندهش أبدًا؛ فقد شاهدت منها العديد، أصبح لا بأس بها لدي؛ فأنا أعي تمامًا أن العالم يتهم العرب بالإرهاب وأننا السبب في كل ذلك الخراب والقتل.

أذكر أولى تلك النظرات عقب وصولي فرنسا قبل عام ونصف كانت من سائق التاكسي الذي أقالني من المطار الذي لم يكن يعرف حتى اسمي لكني عندما تحدثت بالعربية لم نتحدث ونتجادل معا بل تولت عيناه مهمة إسقاط سيل من التهكم والكراهية علي، من الأساس كنت أتوقع حدوث مثل تلك الأشياء لكن ليس بتلك السرعة يا أخي، وأدركت حينها أن إقامتي في باريس لن تكون يسيرة الحال، وأنا ممتن لهذا السائق مرتين؛ الأولى لأنه أوصلني إلى حيث أريد، والثانية لأنه أكد لي ما سأعاني منه هنا بسرعة.

أسعدني أنني أخيرًا سأنام بعدما وصلت وتحدثت هاتفيًا بالشركة وحددت موعدي هناك، فكان هناك متسع للراحة قبل الذهاب إلى هناك غدًا في الصباح الباكر، وأنا على فراش النوم فكرت فيما حدث من هذا السائق كيف يكرهني هكذا من الوهلة الأولى؟!

بالأساس ما حجم المشاعر؟ أين هو المقياس الذي يسجل ذلك؟

نقلت سيارات الإسعاف أربعة مصابين إلى المستشفى مع حالتي وفاة لسيدة شابة في أواخر عقدها الثالث من العمر حيث لقيت مصرعها بجوار طفلتها الصغيرة ذات الأربعة أعوام بعد أن كانتا تلتقطان الصور مع تمثال جان دارك وهما في غاية المرح والإقبال على الحياة.

الله وحده كان يعلم أن ما هي سوى دقائق ويفارقون تلك الحياة معًا؛ فكل له نهايته المحتومة التي يذهب إليها أو تأتي هي إليه، حتى أن ذلك الخط المستقيم منذ الشهقة الأولى إلى الشهقة الأخيرة لهو شيء ميت.

لا أخفي أنني تأثرت كثيرًا لموت تلك السيدة الصغيرة، لكن ما أبشع موت "سيليا" هذه الشقراء الصغيرة التي لم تكمل ربيعها الخامس، أحزنتني تلك الجريمة بالطبع هي مأساة للجميع، لكن ما مزقني من الداخل هو سماعي اتهامات البعض بأن مرتكبي الجريمة هم الإرهابيون العرب حسب قولهم.

يقولون أن أولئك العرب هم من يرتكبون مثل تلك البشاعة لمَ يتهموننا نحن؟ رحت أسير في طريقي تاركًا هذه الساحة التي أنهت يومي بحزن ولم أكن أدري إلى أين أنا ذاهب! بيد أني هاو، متقد، ممزق بفعل اللاعقلانية والفوضى؛ أبحث بحثًا يكتنفه الانفعال الشديد ومدان ذاتيًا.

أبحث عن إن كان اتهامهم لنا حقيقة أم افتراء، أفكر في أنه ماذا لو علم الفرنسي الذي بجواري عند الحادث أنني عربيا مصريا؟ لماذا يروننا وحوشا ترتكب تلك الانتهاكات والجرائم ونتسبب في خراب العالم؟

إن القطر العربي هو أكثر ما يعاني في العالم من الإرهاب والتفجيرات والموت والخراب.

مصر وحدها في العام 2013 فقدت أكثر من 500 شهيدًا من جيشها وشرطتها، ناهيك عن العدد الكبير من الاغتيالات والقتل

العمومي وجرائم السطو والفوضى؟ آه يا مصر كم عانيتِ قبل الاستقرار والازدهار الذي تشهدينه مؤخرًا! ألم يسمع هذا الرجل أو غيره قبل أن يتهموننا هكذا بسوريا؟ وما حدث بتونس وليبيا واليمن؟ فكرت في أن أعود وأتحدث إليه وأسأله لماذا تروننا وحوشًا نقتل وندمر ونخرب كل مكان لكن لم فكرت في أن هذا لن يجدي نفعًا، ثم إن العودة للوراء تعني ماذا؟ وصلت إلى "رين" حيث أسكن مع زميلي بالعمل أنطوان أعرفه منذ أول يوم لي بالشركة التي أعمل بها كمهندس كمبيوتر، إن كنت قد قابلت أفضل شخص في باريس فسيكون أنطوان هو الأجدر بكونه كذلك؛ منذ دفاعه عني في أول يوم لي بالعمل ضد تهكمات رئيس القسم المتطرفة، قام أنطوان بالترحيب بي بالشكل اللائق؛ قدمت له الشكر، ومددت يدي بالسلام: أنا معتصم عبد الناصر مهندس البرمجة الجديد القادم من القاهرة.

رد لي التحية قائلًا: أنا أنطوان لوريس زميلك بالقسم؛ أتمنى لك إقامة سعيدة في باريس.

فقلت له: أنا أيضًا أتمنى ذلك لكن لدي شكوك حول هذا الأمر.

قال: لا تعبأ بكلام مسيو ديديه بول مدير القسم؛ ففي كل عمل سترى نماذج كثيرة من أولئك، أمثاله لا تهتم لأمرهم وسيسير كل شيء على أفضل حال.

كنت مرتاحًا من جانب أنطوان؛ فكان رجلًا سليم الطباع، وما ساعد على الألفة السريعة بيننا أن هو وأنا تقريبًا بنفس العمر

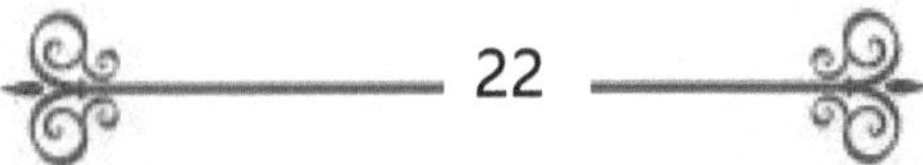

بالحديث مع أنطوان في ذلك التوقيت أزال من صدري قلق الغربة ومرارة العنصرية.

الغربة التي راودني بؤسها مرارًا من كثرة السماع به ماذا أصنع؟ ذلك السؤال المرير الذي سمعت أنطوان يردده على نفسه عندما دخلت إلى البيت، كان جالسًا على الأرض يسند ظهره إلى الحائط ناظرًا إلى أعلى، عابث الوجه، يسيطر عليه الحزن، وتتساقط من عينيه دموع ألم؛ هممت إليه سائلًا إياه عما به؟ لم يجب عن سبب ذلك الأسى وتركني وذهب مسرعًا خارج البيت، بالطبع قد لحقت به حيث إننا لم نعد أصدقاء بالعمل فحسب، فمنذ أن تشاركنا نفس المنزل وقد زادت الأيام من صداقتنا فصرنا رفاق درب وإن لم يكن الاتجاه واحدا؛ فالأصدقاء معا باختلافاتهم وكل منا يهتم لأمر الآخر.

كان أنطوان مسرعًا لدرجة أنني حينما نزلت إلى الشارع لم أكن أراه لكنني ذهبت أمشي بالشارع عند الثالثة والنصف صباحًا، الحركة هناك لم تكن مزدحمة إلا أنها ليست هادئة، الطبيعي في المدينة الصاخبة باريس أنها لا تهدأ أبدأ ولا تنطفئ أضواؤها، بعد سيري لمسافة قصيرة زادت عن خمسين مترًا وجدت أنطوان يجلس على جانب الطريق، كان في حال لم أره عليه طوال عام ونصف الذين مضيا، وقفت أمامه أتأمل هذا الشاب لم هو هكذا!

كيف ضربته الحياة؟ أعرف أنطوان لوريس قرابة العامين شهدته دائمًا بعيدًا عن الأحزان، تأملته وأنا أقف أمامه، على هذا الرجل ألا يكون بهذا الضعف، وقتها قد قفز لمخيلتي رامي منذ ستة أعوام هو نفس المشهد يتكرر باختلاف البطل المحزون وموقعه رامي

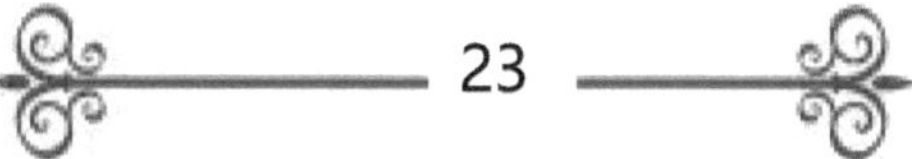

الذي تركته وذهبت أحدث نفسي بشرفة البيت لكني لم أقدر على تركه هكذا وعدم الاهتمام لأمره، آذان الفجر عدت مسرعًا إلى رامي وجدته لا يزال محل إقامته على ذلك الجسر وكأن الجسر بات موطن ألمه.

رامي كيف حالك؟ لم ينظر حتى بوجهي ولم يرد كأنه من تصارع أفكاره لم يسمعني، جلست بجواره قلت له: رامي أنا معتصم كنت زميلك بالمدرسة أنا سعيد لرؤيتك فمنذ خمس سنوات تقريبًا لم نلتق بشكل جيد، نظر إلي بعينين سوداوين دامعتين:

معتصم أهلًا بك تسعدني أيضًا رؤيتك

قلت له: يا أخي ما بك؟

أنت حزين أريد أن تسمح لي بمشاركتك أحزانك.

قال لي: والله إن الشراكة بأي شيء لهي أمر سيء؛ فدعك من مشاركتك أحزاني؛ لن تجدي نفعًا، من الأساس لا يعرض البشر على بعضهم المشاركة بجدية سوى بالمال والأفراح.

أجبته أراك يائسًا يا رامي؛ قص علي إن شئت.

قال لي: منذ كنت طفلًا أعاني لم أنا الذي أتعذب في حياتي كل يوم! لقد سئمت.

قص علي رامي الكثير مما عانى منه؛ من وفاة والده وهو ما زال بالثانية عشرة من عمره وتركه وحيدًا مع أخ أكبر منه بثلاثة أعوام وأخت لا تزال تحبو وأم تصرخ ألمًا على فراق زوجها، تربي ثلاثة أولاد صغار، تقف في وجه العالم وفي وجه الأقرباء به قبل الغرباء.

مرورًا بالذين معه بالمدرسة عندما كان يعيش حداد الحزن على والده لم يرحموه تنمرًا مما جعله معتادًا على تلك المعاناة في كل سنوات الدراسة، إلى أن ذهب إلى الجامعة بكلية التجارة وفي محاولته التخلص من ضعفه صار أكثر عرضة للفتن والرزايا وكيف جرحته الفتاة التي انجذب إليها وحديثها معه بأنه لا يليق بها.

وأخوه الذي ترك الدراسة وأخذ يعمل منذ صغره لمساعدة الأم، العيش وسط بركان العالم فصار له حادث سير تسبب في بتر قدمه اليسرى وأمه التي ماتت من ألمها على حال ولدها الذي تراه بسريره بلا قدم، وأخته التي صارت حطامًا من البؤس والمرض على فقدان رفيقتها الوحيدة؛ أمها التي كانت الشخص الوحيد الذي يحنو عليها ويشعرها بالأمان فترقد هي الأخرى الآن على فراش الموت ويجلس هو على الجسر ينتظر الخبر.

يا له من كم أحزان يا رامي! أتجلس الآن في النهاية بلا حيلة منتظرًا وصولك خبر وفاة أختك الوحيدة!

جلست بجانبه لا أتفوه بكلمة؛ لم أكن أجد سبيلي لمثل كلمات تقال في هذه المصائب، وجدته نظر للسماء ورفع يبكي ويدعو الله ويشتكي أنه لم يعد ليتحمل شيئًا آخر ثم قال لي الأولى لي أن أموت.

عجبًا لشاب عمره لا يتجاوز الثالثة والعشرين عامًا، يتمنى الموت بدلًا سعادته بالحياة.

صحيح إنه كما قال لي أبي ذات مرة أن المرء في حياته معرض للفتن والرزايا والمحن والبلايا، وأن الحياة مبنية على المشاق وركوب الأخطار، ولا يطمع أحد أن يخلص من المحنة والألم، لكن

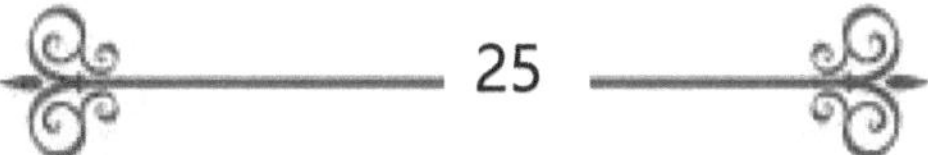

بين مقل ومستكثر، لكن مصائب رامي كبيرة ولا أعرف إن كنت في مكانه الآن كيف كنت سأصبر.

قلت: يا أخي لا بد من حصول الألم لكل نفس سواء آمنت أم كفرت

قال الله تعالى

{أحسب الناس أن يتركوا أن يقولوا آمنا وهم لا يفتنون}

صدق الله العظيم

والدنيا لا تصفو لأحد ولو نال منها ما عساه أن ينال وقال نبينا محمد صلى الله عليه وسلم

"من يرد الله به خيرًا يصب منه"

والمرء يا أخي يتقلب في زمانه في تحول من النعم واستقبالًا للمحن ولم يرد رامي علي؛ فأردفت قائلًا أتعرف يا رامي قرأت لابن القيم كتابًا قال فيه من خلقه الله للجنة لم تزل تأته المكاره؛ والمؤمن الحازم يثبت للعظائم؛ ولا يتغير فؤاده، ولا ينطق بالشكوى لسانه؛ وكتمان المصائب والأوجاع من شيم النبلاء؛ وما هلك الهالكون إلا من نفاد الجلد؛ فخفف المصاب على نفسك بوعد الأجر وتسهيل الأمر؛ لتذهب المحن بلا شكوى وتذكر دومًا أنك ما منعت إلا لتعطى، ولا ابتلاك إلا لتتعافى، ولا امتحنك إلا لتصفى"

نهض رامي من مكانه واقفًا وقال لي:

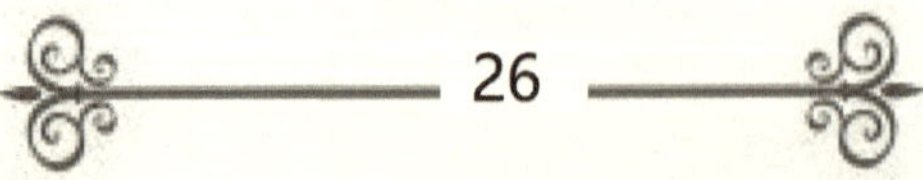

ذلك كلام ابن القيم يا معتصم أما أنا رامي خالد فلم أعد أتحمل مصائبا بل لن أقوى على تحمل أي شيء.

قلت له: اهدأ يا أخي

من يتأمل بحر الدنيا ويعلم كيف تتلقى الأمواج وكيف يصبر على مدافعة الأيام، لم يتهول نزول البلاء؛ ولم يفرح بعاجل رخاء؛ فلا تتألم لفوات حظوظ الدنيا.

كما قال شيخ الإسلام "العوارض والمحن هي كالحر والبرد؛ فإذا علم العبد أنه لا بد منها لم يغضب لورودها ولم يغتم لذلك ولم يحزن"

قال لي رامي: حسنًا يا معتصم وأشكرك على كل ما تقول وأنك مهتم لأمري كنت سعيدًا لرؤيتك.

وتركني وغادر ذاهبًا في طريقه، اتمني أن يتيقن بأن طوارق الحياة هموم، والناس فيها معذبون على قدر همهم بها. الفرح بها هو عين المحزون عليه؛ آلامها متولدة من لذاتها، وأحزانها من أفراحها.

تقدمت نحو أنطوان في هدوء وشفقة؛ جلست بجواره عندها وعلى فجأة منه صرخ من أعماقه معبرًا عن المشاعر التي فجرت مكنوناتها "وقعت في الفخ وتدمرت"

قلت له: أن يهدأ ويحدثني عما به؟

أجابني: كما سمعت، دمروني وقتلوا كل ما لدي.

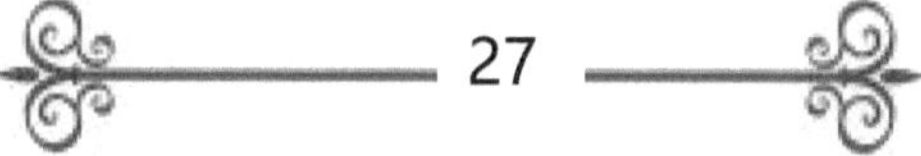

قلت له من دمروك وكيف؟ ومن قتلوا؟ حدثني يا أخي

قال: أسمعت عن الحادث الذي وقع في بلاس ديس بيراميدس؟

أجبته: نعم كنت في ريو دي ريفولي وذهبت إلى مكان الانفجار بعد سماعي به.

أنطوان، أنا آسف لهذا جميعنا في حالة من الحزن على ما حدث.

قال لي: أكنت حقًّا هناك عند وقوع الحادث؟

أجبته: نعم، وشاهدت رجال الشرطة وسيارات الإسعاف التي نقلت المصابين ومن لقوا مصرعهم.

أدار وجهه عني والدموع تتساقط من عينيه في صمت

قلت له: ماذا هناك يا أنطوان؟

قال في ألم: أتعرف من أولئك الذين لقوا مصرعهم؟

قلت له: امرأة وطفلتها الصغيرة فقط من ماتوا في الحادث.

قال ببكاء: هالين وسيليا.

قلت له: هالين وسليا! حبيبتك وابنتك.

قال لي في أسف بل في ألم:

هالين هي باريس، الحياة في باريس هالين، أتعرف يا معتصم عندما رأيت هالين للمرة الأولى عند التاسعة صباحًا فقط.

في شارع Rue de coutellerie

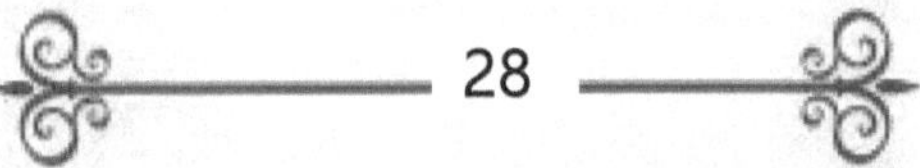

أحسست بأن هناك مجالًا للحب الذي لم أكن أؤمن به، وعندما تحدثت معها للمرة الأولى بصدفة لها وعن قصد مني عند محطة جورج الخامس غدا المكان وكأنه هي، هي الطريق، المباني، الأشجار، والهواء، وهي كل الموجود، هي الحياة بهذا التوقيت، وحين صرنا حبيبين باتت هالين منذ ذلك الحين باريس بأكملها، بل أصبحت كل باريس هي هالين، فقط هالين يوميًّا وعلى مدار سبعة أعوام كانت تشرق الشمس لأجلها، كانت تشرق من نومها فأفيق أنا، كانت... من فجر اليوم لن تشرق الشمس مجددًا على باريس، غدت مدينة بلا حياة؛ فقد ذهبت انطفأت شمسها وحين تنطفئ الشمس لن يضيء القمر مجددًا؛ سيكون حجرًا صلبًا كواقعه وتنتهي الحياة.

وسيليا؛ حبيبتي الشقراء، ملاكي الصغير، ولادتها لم تكن حياتي أنا وهالين طوال الأعوام الأربع سوى أقل من أننا نعيش مع ملاك من السماء، نظر إلي وأنا لا أتحدث منذ قال: من رأيتهم قتلى هناك هما حياتي، لا حياة لي بعدهم.

كان في داخلي بركان، لا أعرف ما أقول لأنطوان فأيًّا كان ما قلت أو سأقول لن يصنع شيئًا بحجم الألم الذي يعيشه الآن؛ لم أقل شيئًا؛ فكم من كلمات على ألسنة الناس بلا معنى، وكم من معان في أفكارهم بلا كلمات؛ فلم أجد أن ما بداخلي من مؤاساة سيكفي ألمه، بل بادر هو بالقول: يؤلمني أكثر أنني لم أشبع بعد من حياة هالين ومرح وحياة سيليا، أعتقد أننا كنا نستحق أن نحيا معاً وقتًا أطول من ذلك كنت بحاجة إلى أن أكون معهما والآن أنا هنا وحدي في العراء بنفسي الثائرة فماذا أصنع؟ ذلك السؤال المحير الذي إذا ألقاه

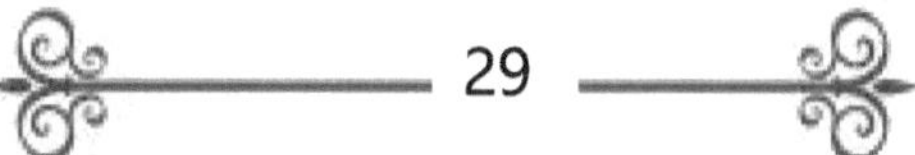

المصاب على نفسه فعجز عن الجواب؛ لم يهون عليه المصاب، يقوله المحتضر والمقضي عليه بالإعدام ويقوله المفجوع بعظائم الرزايا وفوادح الآلام كالجاني الذي سيساق غدًا إلى ساحة الإعدام، وبذاك السؤال يترقب ساعة القضاء عليه.

كنت قد قدمت أسفي لأنطوان لأن الحادث في فرنسا وأصاب وقضي على مواطنين فرنسيين، فماذا عساي أقول له إذ أن الحادث به هو لذاته وشخصه والمقضي عليهم هم ذويه وأحبائه، هم نصف قلبه، فمن المشاعر ما هو أعظم أعوص من أن يعبر عنه!

بعد مدة من الصمت والهدوء الظاهري قمنا معا للذهاب إلى المستشفى؛ أحضرت سيارة أنطوان وجلس بجواري وبدأنا في التحرك، كان كل منا لا يتكلم، صحيح أنني أحسست بالكثير من الألم والحزن لما حدث ورغم كل هذا الأسف بداخلي لم أكن أعلم إن كان يساوي أي مقدار مما يشعر به ذاك الجالس بجواري، أي شعور لدي يمكنه أن يقارن بما في صدره؟ إذ بإشارة المرور تقول قف

فوقفت بالسيارة وقلت له:

أنطوان، أنا لا أعرف أي الكلمات تساوي مواساتك عليك بالحزن قدر ما استطعت، لكن وأنت كذلك تذكر أنه القدر المحتوم للبشر الذي لا نملك مفرًّا منه مهما ازدادت قوانا وبلغت مداها؛ ففي النهاية سنجد الموت جميعًا بل الموت سيجدنا.

كما أنه لا مقتضى لتصور الوجود منفصلًا عن الأزلية والأبدية؛ ففي النهاية الحتمية للحياة الدنيا سنموت؛ سيزول كل من كان حيًّا يتنفس ويكون له في الأبدية بشقيها مكانا.

قال أنطوان :أتعلم يا معتصم، كنا إنني معهم مجموعة والآن أنا في العراء، في العالم البارد، أعلم كذلك أن أي عدد من الناس سيستمر في طريقه حتى يصبح في مجموعة ثم يستمر في طريقه ويعود وحيدًا؛ ربما لم أخدع آنذاك وأننا كنا نملك شيئًا ما، كنا افتراضات إنسانية، أسلوب حياة، كيانًا.

"لا تزال إشارة المرور تقول: قف"

بعد التحرك مرة أخرى وفي دقائق قليلة وصلنا إلى مستشفى Saint Louis كانت الأجواء مضطربة وبعد تأكد الشرطة ورجال الأمن من أن أنطوان هو زوج السيدة هالين ووالد سيليا سمحوا لنا بالدخول، أمضينا باقي الليلة هناك عند الخامسة والنصف صباحًا أقبل علينا رجل وامرأة، قال الرجل طويل القامة في تأن: من منكم السيد أنطوان لوريس؟

أجاب أنطوان: هو.

قال الرجل :أنا المحقق نيكولا فيليب ومعي المحققة لارا لويس في إشارة للمرأة بجواره.

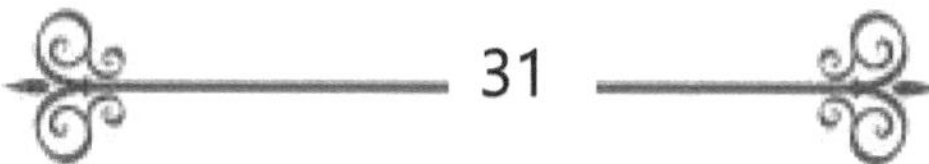

قالت لارا: سيد لوريس أنا آسفة للغاية على فقدان ابنتك وزوجتك أقدم لك خالص التعازي.

وجه كل من نيكولا ولارا بعض الأسئلة لأنطوان وقدموا له تعازيهم للمرة الثانية قبل أن يغادروا، بعد أن سألوه عن بعض ما يخص الحادث وعن هالين وسيليا.

***

صباح الثلاثاء التاسع من نيسان لعام ألفين وعشرون

"القاهرة"

أقف أمام مستشفى وأدخل مع شابة لا أعرفها وهي محمولة لا أدري إن كانت لا تزال حية أم فارقت الحياة! ثم خرج الطبيب من غرفة العمليات وأنا أترقب ما سيقول ثم قال بهدوء الأطباء المعتاد: المريضة حالتها مستقرة؛ وسوف تنقل إلى الغرفة لمدة يومين للاطمئنان عليها أكثر، ثم رسم ابتسامة على وجهه مغزاها ألا أقلق، وتركني وغادر.

"اللهم قوني بك حتى لا أبث شكواي لغيرك"

هكذا دعيت من قلبي وأنا أفتح باب الغرفة 37 بالمشفى ومع باقة ورد أحمر.

كنت متعب الحال، منهك الفكر، إحساسي بالضعف كان قويا لأنني لا أعلم ماذا أصنع؟ ها أنا أطرح السؤال الغبي على نفسي ماذا أصنع! آه من ذاك السؤال! من النفوس طائفة لا تسكت على هذا السؤال في أي حال من الأحوال فتجيب عليه بالصدق والكذب، بالممكن والمحال؛ فالويل لهذه النفوس الحمقاء.

"إن القوة مهما غرت صاحبها وأخافت ضحاياها زائلة لا محالة"

تلك أول جملة قالتها لي ضحيتي بعد دخولي لها باليوم اللاحق لإجرائها العملية.

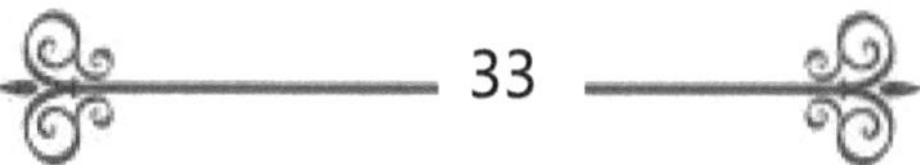

كم أنت قوية أيتها البنت تفيقين من بعد وقوعك بحادث وتجدين نفسك لا تستطيعين الوقوف على قدمك وتجلسين بذلك الهدوء، ينقص وجهك فقط الابتسامة وأراهن أن الشمس ستشرق حينها.

قلت لها مرة أخرى في تأن للخوف الشديد المسيطر علي:

صباح الخير يا سيدتي.

نظرت إلى باقة الورد التي بيدي وابتسمت؛ فمددت يدي به أقدمه لها؛ فأمسكته وقالت في همس: ليته كان أبيض، أشكرك على هذا اللطف.

قلت لها: عفوًا سيدتي.

قالت: أراك تنظر إلي في شفقة، أحزين لأجلي؟ وإن كنت كذلك فلن ينفع بشيء، عجبت أكثر لثباتها الشديد.

قلت لها: أنا آسف.

قالت: آسف! أعلى حالتي تلك، أم على حزنك على حالتي؟ أتعرف شيئًا، عندما تتيقن أنك بلا جدوى بالحياة فلن تبالي أن تكون عليها بأي حال، كما أنني لا أعتب على من صدمني بسيارته وتسبب في أنني لا أستطيع السير على قدمي؛ فكل شيء زائل لا محالة؛ فالزمن لا يمكن مده إلى مالا نهاية مثل صفوف القرميد، أعتقد أنك تقول لنفسك الآن ما هذه المعتوهة، لكن أؤكد لك على مثل إنجليزي يقول:

لو كان الجنون مرضًا يؤلم لسمعنا الصراخ من كل بيت قلت في نفسي عدة مرات متلاحقة: من هذه المرأة؟ وكان واضحًا من لهجتها بأنها ليست مصرية؛ فجلست أمامها وقلت في لهفة:

من أنت؟

قالت بعد أن استقبلت سؤالي وسكتت لثوان:

أنا، أنا لا أحد، أنا من أتمنى أن يكون موتي أجزى من حياتي فحسب.

إذا ما هو اسمك؟ وما كل ذلك الإحباط واليأس؟ حدثيني؛ أنا في حيرة، طامعًا منك أن تسمحي لي بأن أعرف، كان جميع الشبان مثلي فإن الأمكنة التي تذهب إليها من شأنها أن تغدو مزدحمة؛ أليس من رجل آخر مثلي يملك هذه الرغبة التي لا تشبع في المعرفة، في أن يكون شخصًا، في أن يفهم؟ حدثيني ولو بالقليل مما لديك.

اسمك؟

هو أجابت بهدوء: أنا نوار

قلت لها: يا نوار حدثيني عن نفسك.

من أين أنت؟

ذلك السؤال الذي أتى بخاطري بتصارع أفكاره من أين أتت تلك المخلوقة التي رغم كل الأحزان الواضح أنها تحمل الكثير منها لم تنطفئ شمس الحياة بوجهها الخارق الجمال، بملامحها الملائكية، قالت: من هنا، أنا ابنة تلك الأرض.

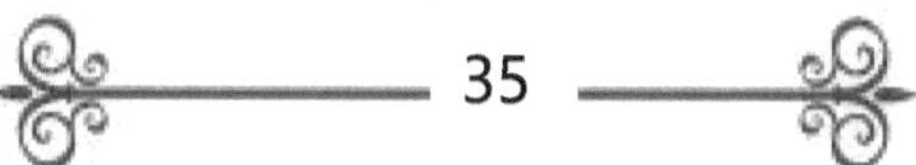

أعرف أنك تسأل عن الجنسية، أنا من فلسطين، ثم صمتت وهي تنظر إلى النافذة لتشاهد السماء إلى الآن لم تسألني نوار عمن أكون، ألا تريد أن تعرف حتى من أنا! وكأنها لم تعد تريد شيئًا من هذا العالم وجردت نفسها من حق معرفة ذلك، الخطر هو نهاية المأساة وبداية الخلاص من النفس.

قلت لها: حدثيني أكثر إن أمكن.

قالت: أحدثك عن ماذا؟

قلت: عن حياتك التي أجزم بأنها مليئة بالشقاء والألم، عن أحزانك الكبيرة، عن أوقاتك السعيدة إن كان لها مكان لديك.

قالت بتنهد: أتعرف؟ لا بأس سوف أقص عليك، سأقص عليك حكاية نوار عبد الكريم انتبهت في إنصات شديد منتظرًا كلامها بفضول كبير، أعتقد أن ذلك لكل ما ذكرته عنها بالإضافة إلى أنها ضحيتي أنا.

قالت نوار: أنا لدي الآن من العمر ستة وعشرون ربيعًا وإن صح القول فهم خريفًا.

لنعد بالزمن إلى الماضي حيث فلسطين وأنا بالمدرسة الثانوية ولكن العودة إلى الوراء تعني ماذا؟! حسنًا؛ بالتحديد منذ عشرة أعوام حينها كنت بالسادسة عشرة من العمر كنت عائدة من المدرسة وأنا بأول الشارع الذي نسكن به فأجد أبي بيد اثنين من جنود الاحتلال مقيدًا من يديه والدماء تسيل على وجهه، وأمي تقف

بجوار الحائط تبكي لكن بلا صوت ممسكة بأخي الصغير الذي يصرخ بشدة قبل أن يفلت من يدها ويجري خلف أبيه ومن يجرونه جرًّا على مالا نعرف أو إلى أين، وتظل أمي لا تتحرك من مكانها حاملة أختي الرضيعة ذات الثماني أشهر، تخيل أن ذلك المشهد لو سينمائيًا أؤكد لك سوف يحصد جوائز عدة من فرط المعاناة، وسيتأثر به العالم، أتعرف لم يشعر أولئك الجنود بأي مشاعر وهم يرون ويسمعون بكاء وصراخ زوجة وأبناء بسببهم سحقًا لأفئدتهم الجامدة.

وأردفت قائلة لي: أتعرف شيئًا يا أخي، إن صحت المعنويات الشعورية بين أفئدة الجنس البشري لأصبحت ترى وتلمس كالمادة الجامدة لكن هذا إن صحت المشاعر وتذكر الجميع أننا كلنا ذوات أب واحد اسمه آدم، كما أن لنا جميعًا أما واحدة وهي الأرض.

بينما كان يسير أبي معهم مقيدًا وقفت أنا مقيدة لدقيقة أو تزيد ثم انطلقت صوبه راكضة أبكي وتعلقت بعنقه وأحضانه التي لم يستطع أن يضمني بها من القيود التي بذراعيه أحسست بدفء وحنان العالم للحظات، ثم دفعني أحد الجنود الممسكين بأبي وأبعدوني عنه؛ أمسكت بأخي وجلست على الطريق ننظر والدنا وهو يفارقنا

قالت: أتعرف؟

لا يزال صراخ أخي ذو العشرة أعوام في أذني حتى الآن، آه يا أبي دمعتك التي احتفظت بها عيناك إلى أن أسقطتها على كتفي وآخر ما أخذته من أبي نظرة حب أبدية من بعيد، ثم غاب عن عيوننا ولم نره مرة أخرى.

قالت لي: أراك عابث الوجه، أتريد ألا أكمل؟

قلت: أكملي أنا من يريد معرفتك بشدة، كان بداخلي العديد من المشاعر.

وقلت لها: أنا أتفق معك فيما قلتِ.

قالت: ما هو؟

قلت: إن القوة مهما غرت صاحبها وأخافت ضحاياها زائلة لا محالة.

قالت: التاريخ هو من يعلمنا ذلك؛ فترى كل طاغية مهما اشتد أين هو الآن فالضعيف غدا سوف يحل محل القوي.

قلت: لا شيء يبقى على حاله بين عشية وضحاها.

قالت: على سبيل المثال كنت أسير بالأمس على قدمي واليوم لا أستطيع تحريكها لكن ذلك هو القدر، صدمت من تلك الجملة؛ فأنا من ساقه القدر لأتسبب بفقدانها السير على قدمها، نظرت من النافذة وأطالت النظر وتركتها ترى النور لعلها تجد به الأمل، ثم طلبت منها أن تكمل حديثها قالت لي: قصة نوار عبد الكريم؟ حسنًا فلنعد إلى هناك:

بالطبع كانت تملك نوار أوقاتًا سعيدة، رغم قلتها كانت تلك السعادة المؤقتة رفقة" بدر" ذاك الذي ملك ما تبقى من قلبي، أحبني من قلبه فأحببته بشدة وأخذت المشاعر لدي تثبت لي أن هناك مجالًا للحب وأملًا بالحياة من جديد، كلما تقابلنا قدم لي زهورًا بيضاء اللون، كنت آخذ تلك الورود أجمعها وأضعها بجانب مرآتي، وأنظر فأرى نفسي ألبس فستانًا من الحرير بنفس لونها وممسكة بباقة ورد

بيضاء بيدي وبجوار من أحب يوم زفافنا وعلى وجهي ترسم ابتسامة انتصار أمام العالم وأقول بعنفوان: ها أنا رغم أنف الجميع أعيش وأزف بسعادة قلبي بجوار من اختاره قلبي رغمًا عن الاحتلال ومن خلفه وعنوة عن جنود مغتصبين لوطننا أخذوا حياتي ونصف قلبي من قبل.

أقول للعالم ها هو موعد انتصاري حان الآن دوري بالسعادة ولن يستطع أيٌّ منكم إطفاء نورها، كنت أتخيلنا ببيت واحد مع طفلين يشبهانه بالحنان يا الله كم كان رجلًا حنونا! ويدخل البيت يوميًا بالوردة البيضاء يقدمها لي مع قبلة على راحة يدي؛ فأنسى أوجاع الماضي ولو قليلًا، رغم أنني أدرك تمامًا أنها محفورة داخل شرايين الذاكرة وهكذا رسمت حياة كبيرة لي مع بدر، ثم صمتت قليلًا وقامت بتغيير مجرى الحديث فجأة وقالت: أتعرف شيئًا؟ أنا كثير ما أسأل نفسي عن سبب اعتقالهم أبي، عن الاعتقال نفسه لماذا يأخذون الرجال من بيوتهم عنوة ويتم حبسهم وتعذيبهم؟ ناهيك عن القتل والجرائم العمومية بكل شارع في فلسطين وناهيك أيضًا عن معيشتنا بانعدام الأمان.

أنا أسأل عن سبب حرماني وحرمان أقراني من أبائنا وإخواننا وهم أحياء.

هل لأنهم يطلبون بحقهم بأرضنا؟ حقنا بوطننا نحن ليس وطنهم أو وطن أحد سوانا والعالم بأسره يعلم ذلك حق المعرفة ولا يحرك أحد ساكنًا يساندون الظلم في العلن.

قلت أنا في همس: ولو كذلك فإن من الأساس دحض حجة الخصم لا يفيد صحة حجة المدعي.

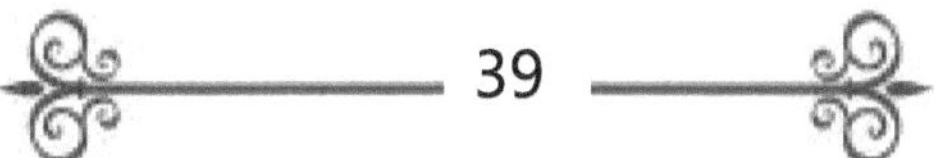

قالت: مثلًا كأن كل هؤلاء البغاة والأشرار ما كانوا بغاة وأشرارًا إلا أنهم لم يجدوا أن ما هم فيه بغي وشر فازدادوا طغيانًا؛ فيعتقلون الناس ويودعوهم السجون دون إعطائهم حق الدفاع عن نفسهم، وأنت تقول خصم! هذا إن كانوا بالأساس مجرد خصوم.

ونظرت إلى النافذة وأمعنت أنا النظر بوجهها تاركًا إياها تتأمل الضوء لعلها تأخذ منه بعض الأمل.

ثم قالت: سأجيبك عما ستسأله الآن.

قلت لها: كيف تعرفين ما سأسألك عنه الآن؟

قالت: مجرد تخمين أنك ستسأل عن علاقتي ببدر.

قلت لها: نعم هذا ما كنت سأسألك عنه، هل تزوجتم؟

ردت في هدوء ووجهها مكانه تجاه النافذة

قالت: مات.

قلت: آسف.

قالت: أراك تأسف كثيرًا بلا داع، والمدينون الحقيقيون بالكثير من الاعتذارات أشد صلابة من الحديد، بل هم مدينون بحياتهم؛ فقد أخذوا حياتي مع حياة بدر.

رأت عيني الرصاصة وهي تخترق صدره فتسقطه أرضًا، عندما وصلت إليه ابتسم بحب يملأ وجهه الذي بالكاد يستطيع التنفس ثم أمسك بيدي ووضع بها آخر وردة بيضاء.

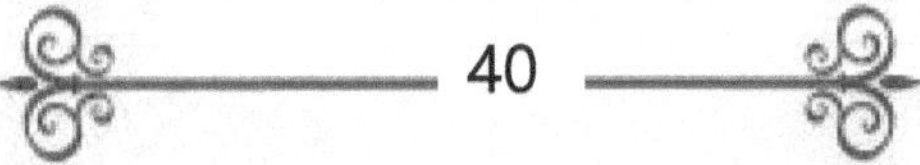

قال لي :أتبكين وأنا لا زلت حيا يا نوار؟ دعيني أنظر بوجهك ويكون آخر ما أراه من ذلك العالم هي ابتسامتك ثم أبكي بعد أن أموت ولا تكثرين البكاء كي تشرق الشمس فابتسمت قدر ما استطعت.

قال: سنجتمع يا نوار، سنكون معًا للأبد ثم فارق الحياة من حينها وأنا أفتش دائما في الذاكرة عن مادة نباتية يتخللها اللون الأبيض.

فقدمت قالت: أتريد معرفة المزيد عن نوار؟ مرضت أمي ولازمت الفراش لمدة عام كامل قبل أن نشيعها لمثواها الأخير قبل عامين، وظللت أنا مع أخي الوحيد وأختي الطفلة معهم إلى مصر، تاركين خلفنا أحزاننا الكبرى مع بيت فارغ ورفات أموات ودموع سالت من العيون على الطرقات وتبقت دمعة جافة على كتفي الأيمن من عيون حنان العالم المعتقل.

قالت: أتدري؟ من المفترض أن تسيل دموعًا مني وأنا أسرد لك تلك الأحداث لكن لا أدري لم لم تعد تنزل دموعي.

وقلت لها: لا بد أن أذهب الآن.

قالت وهي تنظر كالمعتاد للنافذة: لا بد بأن هناك أشياء كثيرة ينبغي تحقيقها في هذه الدقائق.

قلت: أعتذر كثيرًا سأذهب الآن لم تجبني ولا زالت تنظر النافذة بتأمل وهدوء تركتها وخرجت لشعوري الشديد بالإحباط وأنني مسئولًا عن استمرار مآسي تلك البنت، كان يتوجب أن أذهب للطبيب لأتحدث معه بشأن حالة نوار لكن خرجت من غرفتها إلى

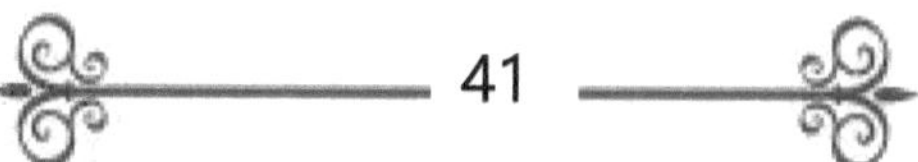

خارج المستشفى، ركبت سيارتي وذهبت شارد الذهن، وجدت
نفسي أخرج أيضًا من القاهرة بأكملها.

***

إحدى القرى الريفية المجاورة لمدينة بلبيس

الساعة الثالثة عصرًا

كنت بحاجة إلى بعض الهدوء؛ فذهبت إلى بيت جدي وأخوالي كي أشعر ببعض الراحة هناك وسط النباتات والأشجار وأن أملأ صدري ببعض الهواء، نزلت من السيارة ورحت أسير صوب حقل جدي الذي طالما لعبت هناك مع أبناء أخوالي وخالاتي ونحن صبية صغار.

وأذكر حين كان يحملني جدي ويسير بي على ذلك الطريق بجانب المحصول الذي زرعه بيده، ويحكي لي كيف أفنى شبابه في العمل بيد الناس حتى جمع ما أراه من حقول هو وحده من يملكها بعد أن كان عاملا بها لدى أصحابها، وأنه إلى الآن لا يزال يفضل العمل بالحقل بنفسه؛ يزرع ويحصد ويجني ثمار عرقه وعمره بيده هو وحده.

لطالما رأيت جدي سليمان رجلًا ليس له مثيل.

ووقفت عند شجرة توت كبيرة دائمة الثبات منذ خمسة وعشرين عامًا أو يزيد تفصل بين أرض جدي التي ورثها عن والده وعن الأرض التي جمعها هو بشوق يده وقدمه، نظرت على امتداد بصري لآخر الحقل، رأيت وكأن رجلًا يجلس هناك، أظنه جدي فسيرت في طريقي نحوه، لا بد أن الشيخوخة ظهرت عليه؛ فأنا لم أره منذ حوالي ثلاثة أعوام؛ اقتربت منه أكثر دون أن يشعر بي، وتأملته عن قرب وأمعنت النظر به فوجدت كهلًا يلبس ثوبًا قديم، يجلس تحت النخلة الكبيرة بنهاية الحقل مطأطأ رأسه، يلف زراعيه على بعضهما، لا ينظر أبدأ سوى بالأسفل، هكذا لم يكن جدي! كان

كلما جلس تحت إحدى الشجرات بالحقل سند ظهره عليها ويثني إحدى ركبتيه واضعًا يده فوقها وينظر حوله باهتمام شديد في شموخ وكبرياء، لابسًا الجلباب المهندم بعناية، وعلى كتفه العباءة، بإحدى يديه مسبحة وباليد الأخرى عكاز.

فيكون مليئًا بالهيبة والوقار.

من ذاك الرجل؟

هو بالفعل جدي لكن ليس جدي الذي عهدته طوال حياتي.

انحنيت صوبه أقبل يده اليابسة، أتري هو العجز، لا هو ليس بالعجز بل مجموعة آلام جديدة على وشك تسليط الضوء عليها والعيش بها؛ ليس الهرم وحده من يفعل ذلك بإنسان كالجبل مثل جدي، بل الوضع أعوص من ذلك.

قلت له: كيف حالك يا جدي؟ لقد اشتقت لك كثيرا؛ رفع رأسه بهدوء ونظر لي، كان شاحب الوجه، حزين العينين، فاقد الكثير من الوزن.

قال بلهفة واشتياق لم تخف عبوس وجهه: من؟ معتصم! مرحبا يا بني، حمدًا لله أنني أراك بخير.

قلت وأنا أجلس بجواري: جدي أنا سعيد؛ رأيتك أخيرًا بعد اشتياقي الشديد لك.

قال بابتسامة حنان وعيون دامعة لا أدري إن كانت تدمع من فرط الاشتياق والسعادة البالغة أم من كثرة هموم وآلام مكبوتة: نحمد الله رب العالمين نحمد الله.

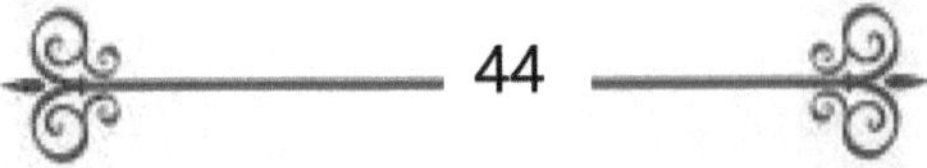

قلت: أراك تجلس هكذا فهل ما زلت تحب الزراعة بيديك وتباشر المحصول بنفسك؟

أدار وجهه عني وقال: إن لم أفعل أنا فمن سيفعل؟ من لا يهتم لأمر حياته! تلك الحقول والأملاك هي محصول حياتي يا معتصم هي ما جنيت بآخر الرحلة.

من المفترض أنني حصدت الأهم من ذلك بكثير لكن الحياة تثبت أن الأرض الجامدة تلك هي أحن عليك من أقرب الأقربين، تلك الأرض السوداء كلما اعتنيت بها وحافظت عليها أوسعتني رزقًا وحبًا وبادلتني الإخلاص، أما البشر مهما كانوا يعنون لك فهم ناكرون لأي شيء، يعتقدون أنك مادة خام لاستهلاكهم وأنك بكل ما تملكه ملك لهم.

قلت: ممن تتألم كل هذا الألم يا جدي؟

تنهد وقال وهو يحبس دموعه: لا أحد يا بني، لا أحد.

من أولئك الذين هدموا جدارا متينا كجدي؟ لماذا يريد البكاء وإن أراد البكاء فلم يكتمه بعينيه؟ أم تراه يحسب أنهم ملكوا عليه حتى دموع عينيه؟

قال لي: اذهب أنت إلى البيت وأنا سألحق بك بعد قليل، بما أن ليس لنا في أعمالنا اختيار حقيقي بالمعني المراد من الاختيار قمت دون أن أجادل جدي أكثر من ذلك؛ كي لا أتعبه ولأنني أعلم أنه لن يحدثني بشيء يتعبه.

حينما قمت وأدرت ظهري لأذهب سمعته يقول

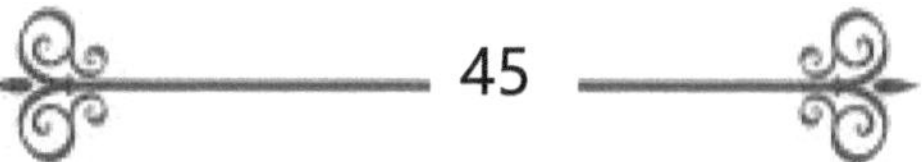

"اللهم قوني بك حتى لا أبث شكواي لغيرك"

ذلك الدعاء الذي أخذته عنه منذ صغري، وذهبت بحال أسوأ مما كنت قد أتيت به، ووصلت بيت جدي ووجدته من الخارج يبدو عليه الحزن؛ الجدران كأنها تبكي، هدوء كئيب يسيطر على المكان رغم أنني في حالة اشتياق شديد لجدتي وأخوالي وأولادهم إلا أنني انتظرت عدة دقائق بالسيارة لا أريد النزول، لا أدري لم تملكت نفسي تلك المشاعر غريبة السوء إلى أن رأيت جدتي تخرج من الباب، منحنية الظهر، تمشي بصعوبة وتنظر إلى السيارة التي وجدتها أمام البيت بشيء يوحي بضعف نظرها؛ فانتابني شعور شديد بالحنين، وهممت بالنزول مسرعًا إليها، قبلت يدها المرتعشة ورأسها التي تغطيها دائمًا بشال أبيض وهي تقول بتأثر: معتصم حبيبي، ها أنت، كم اشتقت لك يا ولدي وتزيد في تقبيلي بعطف وحب صادق، تعال يا معتصم، تعال اجلس معي وحدثني عن أحوالك وصحتك، طمني عنك يا حبيبي، أهكذا يا معتصم تغيب كل تلك المدة لا تسأل بها عني كنت أخشى أن أموت دون أن أراك؟

أخذ الحديث يطول بيني وبين جدتي على أن وصلنا بأطرافه لسؤالي لها كيف أحوال جدي؟ لم أقل لها بأنني مررت على الحقل قبل مجيئي لها، وأنني رأيته هناك ولم يسرني الحال الذي رأيته عليه.

قالت بتنهد وقد اعتلى وجهها العبوس: الحمد لله يا ولدي نحن بخير.

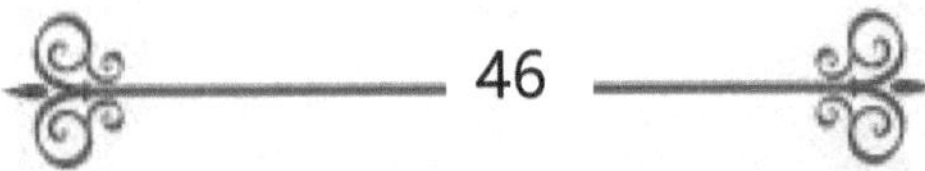

قلت: من الواضح أنكم لستم بخير على الإطلاق؛ أصدقيني القول لأني كثير القلق على جدي وقولي لي ماذا هناك وما الذي حل بكم؟ إني أشعر أن هناك شيئًا لا تريدين قوله لي وأؤكد لك أنني سأعرف كل شيء؛ فالأولى أن أسمعه منك يا جدتي، همت بالبكاء وكأن جميع أعضاء جسدها تبكي ليس فقط عينيها.

قالت: أخوالك في مشكلات وخلافات مع جدك منذ أكثر من عام.

قلت: ما هذه الخلافات التي تبقى بين أب وأبنائه لما يزيد عن عام كامل، ما ماهية تلك المشكلات التي توصلهم لذلك الحد؟

قالت: الوضع صعب يا معتصم؛ أكبر من مجرد خلافات.

قلت: كيف هذا؟

قالت: هم يريدون أخذ الأرض من جدك ويبيعون جزءًا منها ويذهب كل واحد منهم في طريق، ويصعب على جدك بأن يفرطوا بها على حياة عينيه، أنت تعرف وهم يعرفون أكثر من أي أحد أنه قد أعطى حياته عملًا لدى الناس حتى جمعها لهم من فم الحياة لكي يعيشوا بحال أفضل مما قد عاشه.

قلت: أنا لم أر جدي قد قصر مع أي حد منهم أو حتى غيرهم، فلم يستعجلون الإرث؟ أهم لا يدركون بأنهم في النهاية سيأخذون كل شيء كما أرادوا أو حتى إن لم يريدوا.

وجدي من حقه أن يفعل ما يريد بماله وأملاكه؛ فها أنت تقولين ثمرة جهده وتعبه، وحصاد يده هو، وإني طوال حياتي ما رأيت

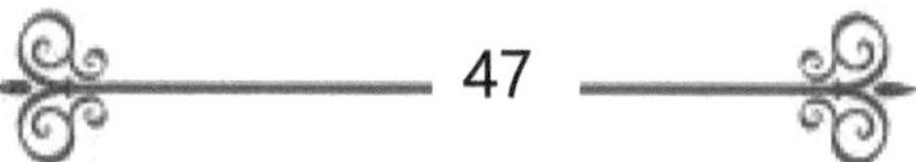

جدي قصر مع أحد منهم بشيء سواء أكان مالا أم غيره، بالعكس هو ينفق عليهم كما يريدون وأبدأ لم يجعلهم بحاجة لشيء، حتى أنني ما رأيته يومًا قسي على أحدهم.

قالت جدتي: أنت تعرف طيبة قلبه وأنه لا يهون عليه مسهم ولو بكلمة، وهمت بالبكاء من جديد.

قلت لها: أنا أشعر بأن الأمر ليس كذلك فقط بل هناك شيء آخر يحدث، كما أن ما تلك الحالة التي رأيت جدي عليها عند الحقل؟

قالت: هل رأيته؟

أجبتها: نعم رأيته ولم أسر بوضعه الذي وجدته عليه، أتعرفين يا جدتي كان من الصعب أن أتعرف على جدي حينما رأيته؛ كان نحيفا للغاية وقد اربد وجهه.

قالت: جدك لا يستحق ذلك منهم يا معتصم.

قلت: يستحق ماذا؟ لم تقولين هذا؟

عيناها الباكية تقول إن هناك أمرًا ما.

قالت: خالك سامي وقف أمام جدك عدة مرات وتطاول معه بالحديث ثم سكتت، وهي تبكي، تبكي بشدة لكنها لم تستطع أن تنقل استحالة العودة بنفسها إلى الصمت المظلم أردفت كلامها: وفي إحدى المرات وقف أمامه وتطاول على أبيه بالقول وارتفع صوتهما، واشتد الموقف إلى أن قام سامي ومسك جدك من ياقة ثيابه ودفعه أرضًا وهو يتمادى بقوله حتى وصل السباب والشتائم.

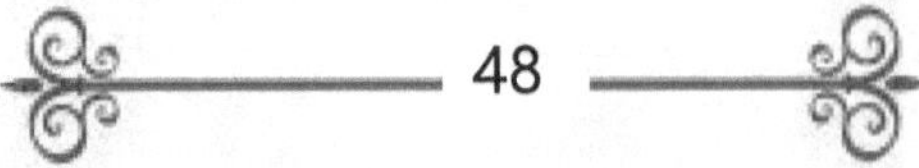

يا إلهي! لم أعد أتحمل، أتيت إلى هنا هربًا من الألم لكي ألملم شتات نفسي وأفكاري من جديد، وقد وقعت بمستنقع وحشة مر به العالم.

تركت جدتي وذهبت مسرعًا لا أدري أين أذهب، وخرجت إلى الطريق وأنا أقود بسرعة جاعلًا نفسي، أحلق في خيال جامح جسور على أشد أنواع الوحدة قسوة ورهبة كي أجرب الإحساس بالموت، أقف بالسيارة على جبل المقطم عند الثالثة والنصف بعد منتصف الليل، وبعد خمس دقائق أفقت من شرود ذهني حين رفع آذان الفجر "الله أكبر الله أكبر"

أحسست برغبة ماسة لدي بأن أذهب لصلاة الفجر بمسجد الحسين؛ فذهبت مسرعًا إلى هناك وأديت صلاتي الحمد لله ثم أحسست بحاجتي الشديدة للنوم، وصلت بيتي ونمت عند الخامسة مع أول شعاع لنور الصباح حتى استيقظت والساعة الحادية عشر والنصف ظهرًا، وصلت بعد أقل من ساعتين عند محل زهور.

قال لي البائع: أهلًا بسيادتك تفضل، أتمنى أن تكون الزهور التي أخذتها بالأمس قد أعجبتك.

قلت له: بالتأكيد، ومجيئي اليوم مرة أخري دليل على ذلك.

قال: إذا سأجهز لك باقة مثلها تمامًا على الفور.

قلت: لا من فضلك؛ اجعلها زهورًا باللون الأبيض.

قال: وهو كذلك، استرح خمس دقائق فقط وسأحضر لك طلبك بأسرع وقت.

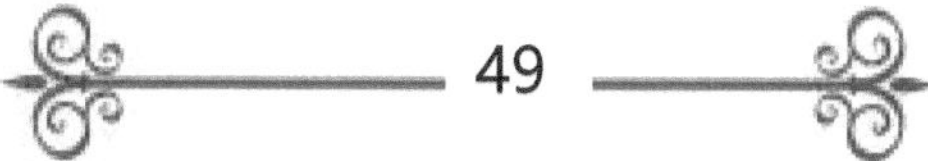

عند الثالثة عصرًا فتح باب الغرفة 37 بعد أن طرقته ودخلت فأجد نوار تجلس على فراشها تمامًا كما تركتها بالأمس وكأنني لم أتركها وأذهب لأكثر من يوم كامل.

قلت لها: أتسمحين لي بالدخول؟

أجابت بهدوء: بالتأكيد، تفضل يا مهندس معتصم.

قلت وأنا أقدم لها باقة الزهور: بالتأكيد قد عرفتِ اسمي من المستشفى.

قالت: لم تتفاجئ حتى!

قلت: لا أخفي عنك، الخوف هو ما جعلني لم أندهش؛ فحين يأتي الانسان الخوف مع أي شعور آخر يسيطر عليه بسهولة.

قالت: ومم تخاف يا ترى؟

قلت: أخشى من أن أحدًا غيري يقول لك أنني من صدمتك بالسيارة وتسببت لك بذلك الحادث.

قالت: لكن هذا ليس بشيء يستدعي أن يقوله لي أحدهم.

قلت: كيف هذا؟

قالت: لأنني أعرف منذ مجيئك لي بالأمس أنك من كنت بالحادث، لكني سألت فقط عن اسمك، وقالوا لي أنك المهندس معتصم وقد أتيت بي هنا أول أمس، وكنت مهتمًّا لأجلي ولم تتركني

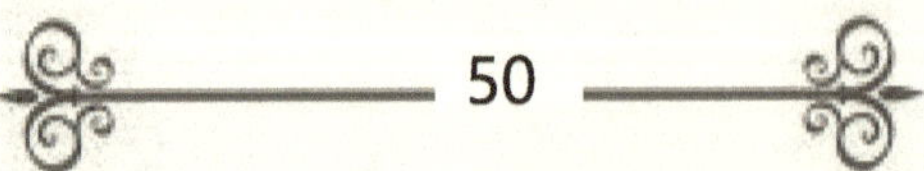

من حينها، وأود من قلبي أن أقدم لك جزيل الشكر على ما فعلته من أجلي.

قلت في عجب مني: تشكرينني أنا، كيف هذا؟

قالت: نعم أنت؛ فقد كان من السهل حين صدمتني أن تتركني ملقية على الأرض وتمضي في طريقك، وأؤكد لك أنك حتى إن كنت فعلت ذلك فلن ألومك أبدًا؛ فالأجزى لي هو الموت من الأساس، وبما أن القدر ساقني في طريقك وصدمتني ثم أنقذتني فيتوجب علي شكرك وبشدة؛ الأشخاص ذوي المروءة قد صاروا قلة يا رجل، وما أنني صادفت أحدهم مثلك فأحب أن أقدم لك الامتنان.

قلت: الشكر لله يا نوار، فما فعلت أنا إلا ما يتوجب علي فعله؛ فهذا خطأي من البداية ويتوجب علي أن أتحمل عواقبه ذلك إن استطعت من الأساس.

قالت: شكري الثاني لك على الزهور، وهي تضمها وتشم رائحتها.

قلت لها: أنا لن أتركك إلى أن تستطيعي السير على قدمك مرة أخرى يا نوار.

قالت: وإن لم أعد أسير فلن يعني ذلك الكثير؛ هي الحياة سنعيشها على حالنا بها.

قلت: أنا سأفعل كل ما بوسعي لكي تشفى قدمك تلك.

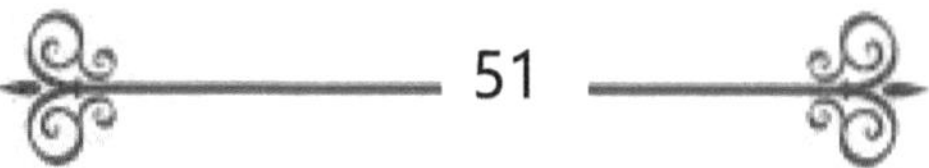

قالت بهدوء: إن شاء الله.

قلت: هل من حقي أن أطلب منك بأن تغفري لي؟

قالت: ما درجة نقاء الهندسة لديك يا مهندس معتصم؟

أجبتها: درجة نقاء الهندسة لدي كبيرة بالتأكيد.

قالت: أنا لدي متعة الغفران أكثر نقاء من الهندسة.

قلت: فقد غفرت لي إذًا؟

قالت: إن لم أغفر لك فسأكون لا أستحق ما فعلته وتفعله من أجلي.

***

بعد خمسة أشهر من العلاج ومباشرة مع الأطباء استطاعت نوار الوقوف على قدمها من جديد، زاد إعجابي الشديد لشخصية نوار التي لم أر مثلها من قبل، بعد تلك الفترة التي قضيتها بالقرب منها دعوتها ذات ليلة للعشاء فرفضت؛ فأخذت حجة بأنها دعوة للاحتفال بسلامتها، وفي النهاية لبت الدعوة، كانت تلبس فستانًا أسود اللون قد زادته جمالًا بارتدائها إياه، شعرها الطويل يتدلى بسواده مسترسلًا على كتفها الأيسر، وعيناها كالسحر الأسود.

قلت لها: أود بأن أطلب منك شيئًا.

قالت: ما ذلك؟

قلت: لا تنكري أنك حورية؛ فروائح الجنة قد نمت عليك؛ فابتسمت في خجل ولم أر أجمل منها؛ فأحسست فجأة وعلى حين غرة عبرت لها عن إعجابي الشديد بها؛ فأغلقت المجال بالحديث في ذلك الموضوع بسوء من نفسي ومضينا نجلس بصمت لدقائق إلا أنني كنت غير قادر على أن أنأى بنفسي عن الكلمة القدرية التي

اهتزت في رأسي، ولا سبيل إلى إيقافها شأنها شأن عطسة، وانطلقت بعنف وألم "ترقصين"؟ وانتهينا من سهرتنا وأوصلتها وهمت تنزل من جواري؛ فنظرت بعيني وكأنها ترسل لي التحية قبل أن تغادر.

وكانت تلك التحية المكبوتة تشيء بالدعوة إلى أن أكون بمنزلة صديق، وكانت هناك فائدتين اثنتين من وراء ذلك؛ أولًا: أصبح من حقي أن أكون مسؤولًا عن وقتها وليس في وسعها أن تذهب مع أي أحد آخر.

ثانيًا: أن أحظى بنفس امتياز التحية العفيفة في مناسبات قليلة وفي قول طابت ليلتك.

أخذت نوار معي ذات يوم لمدينة بلبيس لزيارة أحدهم، وقفنا أمام بيت قديم بشارع ضيق، وقلت لها: هنا بيت سمير.

فتحت الباب ودخلنا ورأت نوار شابًا ينام في فراشه كأنه كوم حطام، وبجانب سريره يوجد عكازين وكان نائمًا لم يستيقظ بعد.

وقالت: أهذا هو سمير الذي يكون أخاه لرامي صديقك الذي مات!.

أجبتها: نعم؛ ذاك هو سمير.

كان رامي خالد صديقي قد انتحر بعد موت أخته مباشرة، وترك أخاه المبتورة قدمه بلا أحد يرعاه، وتدهورت حالة سمير الصحية للغاية بعد كل الصدمات التي حدثت له منذ وفاة أبيه وهو بعمر صغير مما اضطره لأن يترك المدرسة ويتجه لمساعدة والدته على العيش بأخيه وأخته الصغيرين.

حتى صار له حادث تسبب له بالعجز الدائم من ثم وفاة أمه فمرض أخته الشديد، ثم موتها، فكارثة انتحار أخيه الوحيد، ولم

يتبق سوى رفات إنسان غير كاملة، طريحة الفراش، كل دقيقة يمر بها سمير يكون فيها بانتظار ملك الموت.

قالت نوار: أراك قد شهدت العديد من المتألمين حتى عند سفرك لباريس المدينة المضيئة الممتلئة بالحياة والشغف عدت منها حاملًا معك ألم صديقك أنطوان، ألم تتعب بعد؟

أنطوان...

كانت آخر مرة أراه وأتحدث إليه في المستشفى؛ فبعد مغادرة المحققين؛ نيكولا فيليب، ولارا لويس ذهبت أنا لعمل بعض الإجراءات الخاصة بالمستشفى، تاركًا أنطوان بجوار الغرفة التي بها هالين وسيليا وعدت فلم أجده مكانه، وبحثت عنه فلم يكن بأي مكان، ومن حينها لم أره مجددًا.

بل أذكر بأنني رأيته يقف بعيدًا عندما كنا نقوم بمراسم دفن حياته بأكملها؛ امرأة شابة وطفلة.

ولم أشهد أو أسمع خبرًا عن أنطوان مجددًا، حتى العمل لم يأته مرة أخرى، أسأل نفسي كثيرًا أين هو الآن وماذا يفعل؟ هل ما زال في باريس أم تركها؟ كان أنطوان بالنسبة لي صديقًا لن يعوض وها هو ذهب إلى حيث لا أدري، كما أؤكد أنه بذاته لا يعرف إلى أين ذهب أو أي الطرقات قد سلك.

***

بعد مرور شهر تلقيت خبر وفاة جدي سليمان، وذهبت إلى هناك؛ لأواسي أمي وجدتي وأنا من بحاجة للمواساة، ورأيت أخوالي يجلسون؛ منهم من تدمع عيناه ومنهم من يجبر عينيه على دمعة إلى أن تسقط من عينه اليسرى دمعة باردة، وجدتي طريحة فراشها بداخلها عويل لا يخرج، أتت لي نوار باليوم التالي وقدمت

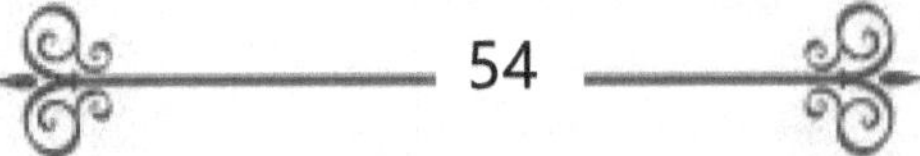

عزاءها، كما جرت العادة بالأشهر الأخيرة حدثت نوار عن جدي، ولم أستطع العودة بنفسي إلى الصمت المظلم؛ فوجدتني أحدثها بكل شيء عن جدي منذ البداية حتى أحداثه مع أبنائه ووفاته بعدها.

قلت لها: أنا أشعر بالكثير من الشر تجاه أخوالي.

قالت: لا بد أن تتألم، واحزن منهم كما تشاء لكن ضع حدًّا، وستجد أن هذه المشاعر تموت في النهاية.

قلت: جدي لا يستحق أن يفعلوا به هكذا ويموت قهرًا.

قالت: أتدري يا معتصم، في سباق الحياة لا مجال لمراكز أولى نحن جميعًا في ذلك المضمار متلاحقون؛ السابق منا كالمسبوق والأول والأخير سواء، كما أن الملك لير أيضًا مات كسير الفؤاد.

قلت: أخوالي هم السبب.

قالت: أغرتهم الحياة ونسوا حقيقتها.

قلت: ذلك لا يبرئهم؛ فإن من ينحرفوا عن طريق الحقيقة لم يضلوه وإن شاءوا لاستقاموا فيه.

قالت: لا بد و أن جدك قد سامحهم فهم أبناؤه وأريدك أن تسامحهم أنت أيضًا.

قلت: لا أستطيع، وليس لنا في أعمالنا اختيار بالمعنى المراد من الاختيار.

قالت: لا أحسب أن أحدا يجهل أن هناك فرق بين الشجاعة وحب الموت كفرق بين الجبن وحب الحياة.

قالت: هم من أحبوا الحياة.

قلت أنا: كلفنا جميعًا بالحياة فما الذي أغرانا بحبها؟ وكرهنا الموت فلماذا كرهناه؟

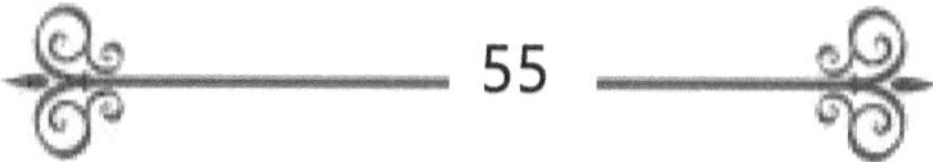

قالت: أيضًا هم ضحية أنفسهم؛ فسامحهم أنت ولا تتألم أكثر.

قلت: ليتنا جميعًا نملك متعة غفران أكثر نقاء من الهندسة.